月の海

平岡敏夫

思潮社

月の海

平岡敏夫

思潮社

月の海　平岡敏夫

目次

装幀＝思潮社装幀室

月の海

月の海

月の海
黒く輝く広い海
桃の花に乗った女の子が
両手で小枝の両側をしっかり握り、
唇を小さく噛んで、静かな海を流れて行きました。

月の海
黒く輝く広い海
柏の葉に乗った男の子が
両手で葉の両側をしっかり摑み、

唇を固く閉じて、滑らかな海を流れて行きました。

次々と桃の花に乗った女の子が続きました。
次々と柏の葉に乗った男の子が続きました。

あの町、この町、流されて、日が暮れて、
あの子供、この子供、流されて、日が暮れて、

（お家《うち》がだんだん遠くなる、遠くなる、）
（今来たこの道、帰りゃんせ、帰りゃんせ、）*

子供らの魂を乗せた桃の舟、柏の舟は、次々と、
黒く煌めきながら、遙かな月の海を流れて行きました。

*野口雨情「あの町この町」より

勿来の関

原発は勿来《なこそ》の関を越えた。
来てはならぬという関所を越えた。
陸路じゃなく、海路でひそかに上陸したのか。
それとも観光化した勿来の関は無力だったのか。
何時の間にか海辺に並んでしまった四基の原発。

道もせに散る山ざくらかな、
吹く風を勿来の関と思えども、
甲斐なき名やとほほえみて、

八幡太郎義家が眉目鮮やかにふり仰ぐ山ざくら。
道いっぱいに散る山ざくら。
空いっぱいに散る山ざくら。
道いっぱいに散る放射能。
空いっぱいに散る放射能。

花は咲いても人は入れない。
勿来の関は人を入れない。
吹く風を勿来の関と思えども。
吐き続ける汚染水に散り込む山ざくら。
無人の街に咲き誇る山ざくらはひたぶるに美しい。

夏の蒼空から

夏の蒼空から、
還らぬ神の編隊が、
音もなく還ってきた。
血塗れたマフラーを外し、
燃え千切れた飛行服を脱ぎ捨て、
裂けた半長靴《はんちょうか》から足を抜いて、
少年たちの魂が、
しずかに還ってきた。
南の空から、

燕や隼の渡り鳥の編隊が、
羽音もなく還ってくるように。

夏の蒼空から、
還らぬ神の編隊が、
音もなく還ってきた。
着陸すべき滑走路は水に浸され、
止まるべき樹々や帆柱は折れ曲がり、
憩うべき瓦屋根も甲板も押し流されて消え、
空を仰ぎ見る人々の影もなかった。
父母、弟妹を護ると言って飛び立った少年たちは、
しずかに還ってきた。
永遠に着陸できない少年たちの魂は、
宇宙の神にインスパイアドされながら、
疲れ果てて寝入った父母、弟妹たちを、

深い深い夏の蒼空から見護っている。
燕や隼が高く舞いながら、
夏の蒼空から人々を凝っと見詰めているように。

旅人算の彼方

時速四キロの旅人Aが、
午後三時に出発した一時間後に、
時速六キロの旅人Bがあとを追った。
旅人Bは何時に何キロ先でAに追いつくか。

旅人A少年が松並木にかかったとき、
白い衣をまとった美少女と出逢った。
逢った刹那に、二人は恋を自覚した。
松風がかすかに吹き、松の香りがかすかに漂っていた。

少女は白い衣のはしを少年の首に巻き、
細い両足で地上をそっと蹴った。
二人は夕暮れの蒼空に浮かび、しずかに昇っていった。

午後六時、出発点から十二キロの地点で、
旅人Bは、旅人A少年が白いマフラーを首に巻き、
羽衣の少女と共に、夕暮れの蒼空を昇ってゆくのを見た。
旅人Bは、AB二人の旅が二度と故郷に還らぬ旅であると知っていた。
旅人A少年は、身を捨てる瞬間に天女に出逢ったのだ。
旅人Bは、先に逝った旅人A少年が今も天女と共に蒼空にあると信じた。

旅人Bは、旅人A少年よりも旅の学校で少し後輩だった。
旅人Bは、旅人A少年が蒼空へ行ってしまったことを、
旅人Bは、旅人A少年がなぜ蒼空へ行ってしまったかを、
だれも知らない、だれもが覚えていないことを悲しんだ。

松並木に、松風がかすかに吹き、松の香りがかすかに漂う、
そんな故郷を、そこに住む父母を、弟妹を、護るために、
旅人Bは、旅人A少年が還らぬ旅に出たことを知っていた。

故郷を愛したA少年の故郷には、もう松並木はない、父母もいない。
しかし、弟妹たちは今も廃墟のなかで必死に生きようとしている。
不老不死のA少年は、少女のままの天女と蒼空から凝っとそれを見護っている。
間もなく旅を終わる旅人Bは、そのときまでひとりA少年を追いつづけるだろう。

東北の夏、敗戦の夏

また夏が来た。六十七年目の夏。
昭和二十年八月十五日。岩手山麓、厨川《くりやがわ》近く、
炎熱の昼、全員集合がかかった。
向かいの戦車隊のキャタピラの響きは跡絶《とだ》え、
営門に立つ柳の大樹の緑が濃かった。
中隊付きの、若いのにしょぼくれた中尉が、
軍袴を穿かず、薄青い袴下《こした》のまま長靴《ちょうか》を穿いて出てきた。
帝国陸軍もあれじゃお仕舞いだと少年たちは囁いた。
中尉は全員集合の意味を既に知っていたのだろう。

二重窓の東北の兵舎、暑い内務班の寝台に横たわり、
昼日中《ひるひなか》には許されぬ姿態で、窓越しの蒼空を凝っと見詰めていた記憶。
蒼空の奥に生きる特攻に散った少年らの幻は、まだ見えてはいなかった。
蒼空から突っ込んでくるグラマンＦ６Ｆ操縦士の紅顔も浮かばなかった。
倉庫から食料品など盗み取る者は、叩き斬れの命令が出た。
無気味に痩せた内務班長の曹長が、両刃《もろは》の鋸でビンタを始めようとした。
軍曹が中止を懇願、曹長が去るまでの恐怖は、今も消えぬ頬の痣だ。
敗戦だからこそ、鋸ビンタを生み、軍曹は懇願出来、曹長は去った。
梱包した毛布を担ぎ、金平糖入りの乾パンを詰めた雑嚢と水筒を肩に掛け、
帯剣・帯革なしの丸腰のまま、盛岡駅で列車の窓から押し込まれたあの夏。

岩手山を頂点とする巨大な連峰が走る奥羽山脈。
北上山地の先に広がる海原、太平洋、三陸海岸。
岩手を豊かに縦断し、石巻湾に注ぐ大河北上川。

奥羽越列藩同盟を結成し、会津藩を支えて、薩長連合軍に敗れた東北。
白河以北一山百文《ひとやまひゃくもん》と言われ、南部藩士の子弟原敬が一山《いちざん》と称した東北。
明治元年十月、北上する幕府軍艦開陽丸の士官中井初次郎、石巻に死す。
東日本大震災、石巻の小さな入江、中井初次郎の墓、入江の人々、今いずこ。
塩飽《しわく》出の中井の墓から気仙沼へ。妻がうずくまってしまった魚市場、今いかに。
昭和二十年三月、目撃した東京大空襲の焼け原を黒々と流れていた隅田川。
敗戦の夏、黄色く流れていた北上川、大津波後の石巻を黒々と流れていたか。

*

母の日

夕暮れになって兄が弟に言った。

「カーネーションを買って来いよ」

「自分で行ったら」

「おれは行かない」と千円札を出して、

「おつりはやるから」

「じゃあ、一本百円のを買って九百円は貰うよ」

「勝手にせい」

一軒目はもうなくて、二軒目の店で、
弟は千五十円のりっぱな花束を買ってきた。

「おつりははじめから貰うつもりはなかったんだ」

と小声で言った。

兄弟がはじめて買ったカーネーションだった。

再会

沖縄北部の県道で、
一羽のやんばるくいなが車にはねられた。
重傷で倒れているのを動物病院に運んだ。
何週間かして全快したやんばるくいなは、
はねられた場所で放された。
ふかふかした森の一本道。
やんばるくいなは繁みの中へ駆け込んだ。
何羽ものやんばるくいなの高い声がした。

向こう通るは

「夕暮れ近い神保町／向こう通るは、Tさんじゃないか／本を抱えて遠ざかる。」——去年の夏のおわりにTさん死去の知らせを受けた。書き出しの一節は、未発表の「人影」と題する、Tさんを偲ぶ四連からなる詩の第一連だが、今も夕暮れの神保町の角を曲がると、Tさんとひょっこり出会うような気がする。

それというのも、十年近くも前のこと、神保町の水道橋駅の方へと曲がる街角で、ひょっこりTさんと出会ったことがあったからだ。夕暮れに傾きはじめたころで、ふつう五時ごろから開く居酒屋のうち、早いところを探してビールで乾杯。筑波時代は、教授会がおわると私の部屋で少し飲み、それから院生たちとコンパに出かけたものだった。

早稲田の母校に呼ばれてから、いっしょに飲む機会はむろん減ったが、しばらくぶりで神保町で出会って、ちょうどよかった、いま国文学会の会長の順番がまわってきていて、秋の講演会の講師を考えていたところだった、と早速頼まれたのだった。Tさんは私より十歳ほど年下だが、いつ会ってもにこにこしていて、だれにでも好かれた。新宿の酒場でTさんの師の、同じ西鶴専攻のT教授に出会ったりすると、Tを頼む、とよく言われた。つまり、Tさんは師友に恵まれていた人で、だれもがその研究と人となりを敬愛していた。

地下鉄早稲田駅から、日本橋乗り換えで浅草へ至り、東武線で館林へ帰るという通勤で、浅草で飲んだこともある。山田太一『異人たちとの夏』の映画に、亡父母と夕暮れにひょっこり出会って、今半ですき焼きを食べるシーンがあったが、浅草でまたTさんと出会うかもしれないと思ったりする。Tさんは古書の収集にも熱心だったから、神保町の街角で、Tさんを見かけることもあっていいのだ。夕暮れの神保町の街角で、古本を何冊も抱えて遠ざかるTさんを見つけることがあると思っている。

さらに、神保町から去って行くTさんを、私は思い描きもする。「夕暮れ迫る東西線／向こう立つのは、Tさんじゃないか／西鶴読みつつ遠ざかる。」「夕暮れ深まる浅草横町／向こう飲むのは、Tさんじゃないか／コップ片手に消えてゆく。」「夜更けに出て行く東武線／向こうすわるは、Tさんじゃないか／故郷をさして消えてゆく」。

「向こう通るは、清十郎じゃないか」の近松『歌念仏』にのせての追憶詩である。

お前と別れたのはバラックの女学校の角であった。

冬の雲がその建物にも埃の道路にもおおいかぶさっていた。

右の第一連ではじまり、第七連で、右の二行を前後入れ換えたリフレーンで結ぶ「弟」なる詩を作ったのは、一九五二年であった（詩集『塩飽《しわく》』所収）。二歳年下の弟は、戦後すぐに徒弟修業に入って船大工となり、時勢が変わって家大工となって、現場から現場へと歩いた。

お前は桟橋までの遠い埃の道路を重い道具箱を肩にのせて、
ただ歩いていった。「元気でやれよ、なんでもいって寄こせよ」
縄でからげた砥石を下げたお前の背中に私は言った。

バラックの女学校の街角に立ったまま、黒い学生服の私はただ見送った。六年前に弟は死んだ。棟梁となって数多くの家を建てたが、第一作は十代後半で作った和船であった。父がそれを漕いで、故郷安芸《あき》幸崎《さいざき》へ里帰りしたことは詩に作った（詩集『蒼空』所収）。シーボルトも勝海舟も立ち寄った天領塩飽諸島の島で共に育った記憶は鮮明なのに、その後の詩は「塩飽なる　山桃熟れて、／おとうとと　山桃探して／駆けし日しのばゆ。」（「山桃」『浜辺のうた』所収）などの一節があるのみである。

今も、私の街角といえば、高松のバラックの女学校、弟と別れたあの街角が思い浮かぶ。弟はほとんど四国・丸亀の周辺で暮らした。東京へ来たことはなかった。神保町の街角でTさんを思う私が、そこに四国・高松の街角で別れた弟を重ねるということはない。

いつかあの四国・高松の六十年ほど昔の街角を、もう一度うたう日がくるかもしれない。生きていればの話だが、そのとき私は私自身に立ち戻れるような気もする。

二院物語

いま、坐っている皮膚科医院の待合室、
この下は、二年前、黒土の庭だった。
赤や白、黄色の大輪のバラが咲いていた。
八十歳は優に超えていたと思われる女医さんが、
僅かな株だが、大事に育てていた。
「鈴木眼科」――小さな木札が小さな木戸の柱にあった。
すぐ先に、大きな産院を手入れして、眼科医院ができた。
鈴木眼科の木戸口を潜る人は、まれになった。
わたしも新しい大きな眼科医院に通ったが、

そこが休みで、はじめて鈴木眼科に行った。
だれもいない板敷きのままの診察室、古めかしい医療器具。
懐かしいような老女医は、どこを出たの、何をしているのと聞いた。
それきり鈴木眼科には行かなかったが、何時の間にか無人になった。
隣の中華（今はない）の中国人店主は、昼はいつも来てくれたと懐かしがった。

古くて狭い医院だった。入り口に痩せた松の木が一本、目印だった。
「松本胃腸医院」だが、看板は見当たらなかった。
あまり使用されていないような古びたレントゲン設備でバリウムを飲んだ。
「体重を減らさないと崖っぷちだよ」が口癖だった。
朝鮮戦争のころ、船医として乗り込み、実に危険だったと話していた。
病気で十キロ減った今、松本医師が懐かしいが、医院はなくなった。
ひとりいた中年の美人看護師と隣町で出会ったら、手首にチョップを入れた。
自転車を漕ぎながら横町を覗くと、松の木が一本、死んだ松本医師を思い出す。

夾竹桃

兵舎をそのまま使用した学生寮だった。
裏手に夾竹桃が咲いて、十六歳だった。
朱色の小枝を三本折って新聞紙で巻いて、
寮を出ようとすると、柄でもないと冷やかされた。
船と汽車の汽笛が交互に響く六万石の城下町だった。
港近くのY病院で、Mさんは寝たまま小さい笑顔になった。
それ者《しゃ》あがりとかいう継母が付き添っていた。

放置された兵舎もあって、扉も窓枠も持ち去られていた。

進駐軍の兵士らが赤や緑の女の手を引いて出入りしていた。
子供らも出入りして、叫んだり、駆け出したりしていた。

K浦から男子四人、女子三人の同級生が磯道を小学校に通った。
Mさんは四人のひとりで、無口だったが、時々、早口で話した。
K浦には造船所が二つあって、それぞれ船大工一人だった。
Mさんの父親の船大工は、チョビひげをはやし、よく怒鳴った。
T子さんの父親の船大工は、めったに大声は出さなかった。
対岸の四国の岬町で修業がおわると、身重の娘を連れてきた。
弟はこの造船所で修業して、十七で独り一艘造った。

二つの造船所はとっくになくなって、波止場に漁船はいない。
四つの浦から一学年三十名が通った小学校も、児童はいない。
Mさんはいつ死んだか。浜辺の墓原の墓石を探してはいない。

授乳

昼前の初夏の日差しの狭い橋を、赤ん坊を背負った老女が行く。
健康で重い男の子の赤ん坊を背負って祖母は、肩を揺らして足を運ぶ。
橋を渡ると、二筋道、老母は右の道をしっかり歩いて行く。
町工場続き、ときに小店がある道を背中を揺り上げては歩いて行く。
小学校の裏の通用門に辿りつき、「さあ着いたよ」と入って行く。
すぐのところに用務員室、「今日は」と上がり口に坐って赤ん坊を下ろす。
鐘が鳴って、子供らの声が響いて、間もなく母親がやってくる。
赤ん坊は若い豊かな乳房から、ぐいぐいと音が立つように一気に飲む。

昔の道を辿る。
住んでいた酒屋の裏の家はなかった。
子供が生まれた産院もなかった。
向かいの銭湯も、帰りを待ち合わせた植込みもなかった。
橋に来た。
橋は歩道、車道のある広い橋になっていた。
昔の狭い道を、孫を背負った祖母が歩いて行く。
追い付こうとして、急に涙が溢れてきて、立ち尽くす。
孫を背負った祖母は、初秋の日差しの狭い橋を渡り切り、
右に折れて、消えて行った。

竹

廃家の前は廃家。廃家の隣は廃家。
廃家の後ろは廃家でさえない廃家。
広い庭には、竹、竹、竹が生え、竹、竹、竹、竹が生え、
真すぐなるもの、竹、竹、竹が生え、竹、竹、竹、竹が生え、
鋭きもの、竹、竹、竹が生え、竹、竹、竹、竹が生え、
　子供らの喚声で満ちていた広い庭。
　女の子らはエプロン姿で縁側に屯し、おじゃみい、たってこしょう、
とんぎり、おうじゃみい、じゃあくら、たってこしょう、とんぎり、
男の子らは広い庭いっぱいに、学童服に絣の羽織をひるがえし、

北前船の舳《へさき》に「廣」字の帆の徽章の学童帽をかぶり、
加藤清正、真田幸村、玉錦、双葉山の絵のパッチンを裏返す。
真っ暗な地面の底を地下茎はくねりくねくね延ばし、延ばし、延ばし、
竹の子らは固き地面を突き刺し、突き刺し、生え、生え、生え、生え、
竹の子らは広い庭いっぱいに、真すぐなるもの、竹、竹、竹、竹と生え、
石臼で固めた土間の底を地下茎は、くねりくねくね延ばし、延ばし、延ばし、
座敷の地下より床板を突き刺し、畳を突き破り、竹、竹、竹、竹が生え、
座敷いっぱいに、仏壇を隠し、竹、竹、竹が生え、竹、竹、竹、竹が生え、
竹、竹、竹、神棚の天井を突き刺し、竹、竹、竹、竹は天井を突き破り、
天井いっぱいに、竹、竹、竹、竹は、瓦屋根を突き刺し、瓦屋根を突き破り、
瓦屋根は瓦屋根の重みで、竹、竹、竹、竹の隙間の地面に墜ちて散乱し、
廃家は、竹、竹、竹、竹が生え、竹、竹、竹、竹が生え、廃家でなくなり、
五十年、六十年、竹、竹、竹に花が咲き、竹、竹、竹、竹は、枯れ果て、
竹、竹、竹、竹いっぱいの残骸の隙間に、廃家の残骸の梁や瓦が見え隠れし、
やがて、竹、竹、竹、竹が生え、竹、竹、竹、竹が生え、竹、竹、竹、竹が生え、

亀井大尉

時として、亀井大尉を思い出す。
十五歳の一少年復員兵に対するあの好意は何だったのか。
亀井大尉といっても階級章は外し、将校服に長靴《ちょうか》だけだったが。
昭和二十年八月末に復員し、善通寺の復員局へ行ったのだった。
対応したのが亀井大尉、若々しい青年将校そのものだった。
履歴書の賞罰欄を見て、すぐ、君は進学すべきだと強く言った。
陸軍航空総監賞受賞、亀井大尉は確信した。
母校丸亀中学校校長室、亀井大尉は私を連れて小島校長に会った。
丸中——陸士の優等生、校長は一応耳を傾けて、丁重に断わった。

廊下にはみ出す机、机、机、丸中の復員生徒も入れない……
口実には、今更陸士でもない、まして中学生でもなかった島の子……
師範学校はどうですか……

亀井大尉からの返事には、後輩の陸士生徒の手紙も入っていた。
達筆で記されていた生きる覚悟。一人称の「豚児《とんじ》」が珍しかった。
父が調達した釜ゆでの大だこを提げて、坂出の亀井大尉の自宅を探した。
味噌屋だったか、広い店の土間で家人は大だこに面食らったようだった。
あれから何度探しても、亀井大尉の実家さえ全く判らなくなった。
あれほど強く進学を勧めてくれた亀井大尉、韓国へ行ったという情報もあった。
朝鮮戦争に巻き込まれたのでは？　亀井大尉にその後の自分を知らせたい。
東京高等師範を出て、丸中校長、県教育長と進んだ小島校長とも話したい。
あの塩飽の少年も何とか進学して、小島校長とも案外近い所で生きてきた。
戦後茫々七十年、時として亀井大尉を思い出す。

プロペ通り

春の日暮れのプロペ通り。
日本最初の飛行場ができた町。
夕陽に光る眼鏡の男の腕によりかかって、
草色のショートパンツの若い女が来る。
夏になり、暗くなり、道幅が狭くなり、
空軍徽章が夕日に光る黒人兵士の腕によりかかって、
赤や緑の原色の女が来る。
Don't loiter！Don't loiter！
（日本人は基地周辺をうろうろするな！）

さらに暗くなり、飛行場の正門に近づく。
操縦徽章が夕闇に光る特攻隊員の少年と擦れ違う。
航空生徒は生涯唯一度の思いで、勢いよく挙手敬礼をする。
秋の深い蒼空になり、プロペ通りは人で溢れる。
「救急車!」、ベビーカーのママの腕によりかかって、
髪にピンクのリボンの女の子が叫ぶ。
救急車はブブーと応え、「道をお開けくださあい」と擦れ違う。
「お巡りさん!」、ベビーカーのママの腕によりかかって、
指をささずに、女の子が叫ぶ。
若い警官は、生涯唯一度の笑顔で、勢いよく挙手敬礼をする。
冬の夕暮れのプロペ通り。
(生き残った最後の陸軍少年飛行兵なんだ!)
あえて杖を持たず、擦れ違う人もなく、
老いた航空生徒は、ひとり蹌踉とプロペ通りの外れを行く。
細い影がしだいに航空公園の夕闇に溶けて行く。

*

大菩薩峠

何日か寝込んでしまいました。
病み上がりの鼻のにおい。
妻の運転で奥多摩をめざします。

奥多摩湖を過ぎました。
山峡の登り細道、
車は吸い込まれて行きます。

何処か場所はないでしょうか。
崖道を砂利に滑って真っ逆さま――

峠はすぐ其処《そこ》だったのです。

大菩薩峠頂上。
水を汲みに行った可愛らしい孫娘。
老爺《おやじ》が一刀両断されたのは此処《ここ》でしょう。

花は散りても春は咲く
鳥は古巣へ帰れども
行きて帰らぬ死出の旅*

車は一本道を大降下。
見渡す限り桃の花盛りです。
死出の旅、場所は此処だったのですね。

*中里介山『大菩薩峠』より

旅人

旅人《たびと》。
大伴旅人、
青丹よし奈良の都ゆ
茅渟《ちぬ》の海。
新太宰帥《だざいのそち》の初の船旅。
島かと見れば岬なり、
岬かと見れば島なり。
空には神功皇后の霊が光り、
海には塩飽《しわく》水軍水主《かこ》らの舟歌。

皇后とは逆の運命の待つを知らず。
いにしえの筑紫に皇后は、
夫仲哀天皇を失い、
旅人は妻を失う。
妻が見し樗《おうち》の花はちりぬべし。
海行かば水漬く屍。

旅人《たびびと》。
『旅人かへらず』
No traveler returns.
帰らざる旅人、
No return, No return, No return,
大学の廊下ですれちがうとき、
いつもにこやかに会釈を返した痩身の詩人
永劫の旅人！

〈覆された宝石〉のような朝の旅立ち。
故郷小千谷へ消えて行く。
山行かば草むす屍。

旅人《たびにん》。
葛飾柴又に発する旅人、
本の詰まった古鞄を提げて、
「人身事故」の電車から降りる。
電車は右の肩から乳の下を腰の上まで
美事に引き千切って、斜掛《はすか》けの胴を残した。
顔は無傷だ、若い女だ。*
轢死——肉体破砕のイメージ。
描く者、うたう者、どこにもいやあしねえ!
口の内で啖呵を切っての片手拝み。
今日も涙の陽が落ちる、陽が落ちる。

＊夏目漱石『三四郎』より

無頼の眠りたる墓

昭和五年の冬、父の病を看護して故郷にあり。

人事みな落魄して、心激しき飢餓に堪えず。ひそかに家を脱して自転車に乗り、烈風の砂礫を突いて国定村に至る。忠治の墓は、荒寥たる寒村の路傍にあり。一塊の土塚、暗き竹藪の影にふるえて、冬の日の天日は暗く、無頼の悲しき生涯を忍ぶに耐えたり。

我れ此処を低回して、始めて更に上州の粛殺たるを知れり。

路傍に倨して詩を作る。

自転車で行ったということの「詩篇小解」もいいが、詩篇ときたら、空前絶後の絶品だ。真似することなど出来やあしない。ここで引いたら、おしめえだ。お手上げだ。

平成八年の夏、佐波郡東村国定。忠治の墓は三十九度の猛暑の中だった。東京・雑司が谷の鬼あざみ清吉の墓、両国・回向院の鼠小僧次郎吉の墓、みんな角が欠けて丸くなっている。忠治の墓もそうだった。欠いた石切れの粉を舐めるらしいのだ。それを防ぐためか、忠治の墓は鉄柵で囲まれていた。未だに牢獄の中、無頼の悲しき生涯だ。巣鴨・真性寺の北条霞亭の墓も、鷗外史伝、頼山陽筆ゆえか、拓本防止に金網掛けて牢獄並みの扱いだ。

冬の日の天日暗くとは反対に、真夏の灼熱の太陽のもと、無頼の眠りたる墓は、明らか過ぎるほど明らかだった。

平成四年の春、佐波郡玉村の女子大に来たときは、国定忠治よりも羽鳥千尋の墓に直行した。鷗外に長い長い手紙を書いた若者だ。千尋が死んだあと、鷗外は手紙を簡素に書き改めて「羽鳥千尋」を書いたのだ。大正元年「中央公論」。昭和四十一年に来たときは、四角の切り石ひとつの墓だった。弱々しい冬の日ざしが薄い影を作っていた。それが何もないのだ。切り石ひとつもなかったのだ。無頼の墓は鉄柵に囲まれて明らか過ぎるほど明らかで、苦学の優秀な医者の卵の墓は、あとかたもない。

羽鳥千尋の墓のあった近くを走る日光例幣使街道。忠治は例幣使街道玉村宿を、子分と共に走り抜け、賭場と殺しに明け暮れた。

嘉永三年の冬、忠治は上州・大戸の関所破りの罪で磔になったという。四十歳。

嘉永六年の夏、黒船四隻、浦賀の沖にやって来た。江戸は大騒ぎ。忠治によく似た旅人《たびにん》が、横浜あたりにやって来て、異人相手にピストル懐中して、賭場を開いてるっていう噂がたったのは、嘘かまことか。港の真っ青な空に鷗が舞ってるのを、男がよく眺めていたっていうのは確からしい。何しろ、上州には海ってものがねえんだからねえ。

関八州の旅——日藝まで

相模の大学、小田急線、
東村山から新宿乗り換え、
二時間半はかかったね。
行きも帰りも満員だった。
大山を過ぎ、箱根も見えて、
富士がちょっぴりのぞいていたね。
三島由紀夫が腹を切り、
学生の質問に囲まれた。
昼の食欲もなかったねえ。

相模の国大、東横線、
渋谷乗り換え、横浜乗り換え、
二時間半はかかったね。
行きも帰りも満員だった。
バスの窓から港が見えて、
日本最初の元ゴルフ場は広かったね。
全共闘に囲まれた。
造反教官とも呼ばれたねえ。

常陸の大学、常磐線、
池袋乗り換え、日暮里乗り換え、
二時間半はかかったね。
行きも帰りも空いていた。
上野発の普通列車降りたときから

土浦駅は雨の中。
どこまで続くぬかるみぞ。
水たまりに筑波山が映っていたねえ。

上州の女子大、高崎線、
池袋乗り換え、赤羽乗り換え、
二時間半はかかったね。
行きも帰りも空いていた。
赤城、榛名、妙義、上毛の三山は、
天領塩飽諸島の小学校で習っていたね。
州立大学との姉妹校提携で、
ワシントン州の奥まで行ってきたねえ。

武州江古田の日藝、西武池袋線、
富士見台から乗り換えなし、

七分半はかかったね。
「夕暮れの文学」の講義が済んで、
古本屋、居酒屋と回ったね。
関八州取締出役じゃない、ひとりぽっちの旅人《たびにん》が、
「佐幕派子弟の物語」の講義を終えた大学・大学院、
にちげえ、にちげえにちげえねえ。

佐幕派は

佐幕派はさびしい。
佐幕派は砂漠だ。
佐幕派は苦しい。
佐幕派は暗い。
佐幕派は貧しい。
佐幕派は末端だ。
佐幕派は日陰だ。
佐幕派は悲惨だ。
佐幕派は嫌われる。

佐幕派は憎まれる。
佐幕派は軽視される。
佐幕派は差別される。
佐幕派は後回しにされる。
佐幕派は悪者にされる。
佐幕派は敵視される。
佐幕派は疎外される。
佐幕派は意地っ張りだ。
佐幕派は痩我慢だ。
佐幕派は打たれ強い。
佐幕派は不屈だ。
佐幕派は動じない。
佐幕派は負けない。
佐幕派は反権威・反権力だ。
佐幕派は批判する。

佐幕派は正直だ。
佐幕派は努力する。
佐幕派は優秀だ。
佐幕派は明るい。
佐幕派は健気だ。
佐幕派はどこにでもいる。

『虞美人草』のうた

「虞ヤ、虞ヤ、汝ヲ如何セン」
四面楚歌の項羽が斬った可憐の虞美人、
真赤な血に染められた虞美人草の可憐な花。
小説の結びの逆さ屏風の抱一描く虞美人草、
漱石の創り出した可憐な花の血の色よ。

京は三条、加茂川べりの貧相な旅館、
隣に老人と可憐な娘が住んでいた。
旅宿の二人の青年は、娘の琴に聞き惚れた。

上京の車内で甲野・宗近が見かけた老人と娘、
老父・小夜子を小野が新橋に迎えて小説に血が通い出す。

逆さ屏風の真赤な花は、藤尾の体に流れていた真赤な血か。
可憐な花の血の色は、小夜子の頰を染めていた真赤な血か。
漱石の孫、松岡陽子マクレイン教授が生涯を尽くしたオレゴン大学、
構内の裏手に咲き誇っていた真赤なひなげしの花花よ
項王に斬られて二二〇〇年、虞美人の真赤な血は今も流れる。

京の夕暮れ

京は七条鞘町通り、
昭和十九年三月末の寒い夕暮れ、
四国は丸亀港町通り、路地裏の寒い夕暮れ。
息子に死なれた伯父が路地裏の長屋にひとり病む京の夕暮れ。
黒い胃の中には赤い八重椿がひそかに咲いていた。
にこやかだった顔は黒ずみ、手は干枯びていた。
ひとり看取った二十三歳の姉の米も薪もない青春、京の夕暮れ。
京阪七条から探しあてた一間きりの長屋の暗い一画に、
父と十四歳の私が坐ったのは大津の航空学校入校三日前だった。

「四月二十五日、本日父の面会ありと言はれし時、
ハッと胸をつくものありき。
そは伯父の死亡の知らせなりと思ひたればなり。
午後面会せば果たしてそのことなりき。
我が幼少の頃より今日まで可愛がつて呉れし伯父なり。
その死を聞きたる時、瞼に迫り来るは涙なり。
然れども、涙を瞼の底にて止どめたり。
別れし時、病床より激励せし伯父の霊に、
よき陸軍生徒となることを誓ふ。

（「僕の日記」京都新聞掲載より）

京は七条停車場、
明治四十年三月末の寒い夕暮れ。
東京よりひとりの男が下り立った。
「汽車は流星の疾きに、二百里の春を貫いて、
行くわれを七条のプラットフォーム上に振り落す、

余の踵の堅き叩きに薄寒く響いたとき、黒きものは、
黒き咽喉から火の粉をぱつと吐いて暗い国へ轟と去つた。
明治二十五年七月八日、七条停車場、
二十五歳の漱石と子規がはじめて下り立った。
麩屋町の宿柊屋を出て、清水堂から見はるかす京の夕暮れ。
子規はセル、漱石はフランネルの制服を着て得意そうに歩いた。
路地裏に入り込み、妓楼の穴から声をかけられた青春、京の夕暮れ。
「あゝ子規は死んで仕舞つた。糸瓜の如く干枯びて死んで仕舞つた。
「此淋しい京を、春寒の宵に、疾く走る汽車から会釈なく、
振り落された余は、淋しいながら、寒いながら通らねばならぬ。
南から北へ――町が尽きて、家が尽きて、灯が尽きる北の果迄通らねばならぬ。

（「京に着ける夕」より）

わが生のヒストリー

死ぬしか道はないと「消えぬ過去」。
だのに、胃カメラは桃色の粘膜を巧みに餔って、
初期Gを見付けた上に、それを切り取ってしまう。
その上、「父母のGを背負って／いつでもどこでも
息をする／なつかしいGとCを待つ」とうたったり。

生きるべきではないのに生きていると「消えぬ過去」。
だのに、いつ破裂するかと腹部大動脈瘤の手術を待つ三か月。
「一刻も大手術は急がねばならぬ、／三か月間、いつ来るか

判らぬ死を待たねばならぬ」などとうたったり、
手術後は、人工血管の結び目が外れはせぬかと悩んだり。

一刻も早く死なねばならぬと「消えぬ過去」。
右肺上葉部分をGとともに切除し、息切れと無気力に過ごす日々。
「場所を選ばず、／浮上してくる過去。／言えず、／語れず、／描けず、
／うめき、／微かに声をあげ、」とうたった「消えぬ過去」。
浮上が間遠になれば「消える過去」、過去がなければ現在《いま》もない。
「消えぬ過去」こそわが生のヒストリー。

平岡敏夫　一九三〇年香川県生まれ。大津陸軍少年飛行兵学校卒業（陸軍航空総監賞受賞）。『大津二郎詩集　愛情』（一九五四）刊行。「学園評論」（同）、国分一太郎編『教師の詩集』（同、牧書店）に詩を発表。日本近代文学専攻。『石川啄木の手紙』（一九九六、大修館書店）で岩手日報文学賞啄木賞。詩集『塩飽』（二〇〇三、鳥影社）、『浜辺のうた』（二〇〇四、思潮社）、『明治』（二〇〇六、同）、『夕暮』（二〇〇七、鳥影社）、『蒼空』（二〇〇九、思潮社）。日本現代詩人会会員。

月《つき》の海《うみ》

著者
平岡敏夫《ひらおかとしお》
発行者
小田久郎
発行所
株式会社思潮社
〒一六二―〇八四二　東京都新宿区市谷砂土原町三―十五
電話〇三（三二六七）八一五三（営業）・八一四一（編集）
FAX〇三（三二六七）八一四二
印刷所
三報社印刷株式会社
製本所
誠製本株式会社
発行日
二〇一四年八月三十一日